Para mi madre y padre —F.B.
¡Para Emily y Larry Koltnow con mucho amor! —L.N.

# Si le haces una fiesta a una cerdita

# Si le haces una fiesta a una cerdita

POR **Laura Numeroff**

ILUSTRADO POR **Felicia Bond**

TRADUCIDO POR Teresa Mlawer

**Laura Geringer Books**
*An Imprint of* HarperCollins*Publishers*

If You Give a Pig a Party (Spanish edition)
Text copyright © 2005 by Laura Numeroff
Illustrations copyright © 2005 by Felicia Bond
Printed in the U.S.A.
www.harperchildrens.com

Library of Congress Cataloging-in-Publication Data
Numeroff, Laura Joffe.
    [If you give a pig a party. Spanish]
    Si le haces una fiesta a una cerdita / by Laura Numeroff ; illustrated by Felicia
Bond. — 1st ed.
        p.   cm.
    Summary: One thing leads to another when you give a pig a party.
    ISBN-13: 978-0-06-081532-5 (trade bdg.)
    ISBN-10: 0-06-081532-9 (trade bdg.)
    [1. Pigs—Fiction. 2. Spanish language materials.] I. Bond, Felicia, ill. II. Title.
PZ73.N8714 2006                                    2005014195
[E]—dc22                                                   CIP
                                                                AC

1 2 3 4 5 6 7 8 9 10 ❖ First Edition

is a registered trademark of HarperCollins Publishers

Si le haces una fiesta a una cerdita,

te pedirá unos cuantos globos.

Cuando le des los globos,
querrá decorar la casa.

Tan pronto termine,
se pondrá su vestido favorito.

Luego llamará a sus amigos
para invitarlos a la fiesta.

No los encontrará en casa
y tendrás que llevarla a buscarlos.

En el camino verá una feria.

Querrá montar
en los cochecitos locos.

Allí encontrará a
todos sus amigos.

Después querrá subirse
en todas las atracciones.

Querrá participar en todos los juegos.

Cuando haya terminado, te pedirá un helado.

Una vez que acabe el helado,
tendrá que cambiarse de ropa.
Regresarán a casa,

y les pedirá a sus amigos
que la acompañen.

Por el camino se le ocurrirá jugar al escondite.

En cuanto lleguen a casa, tendrás que preparar cena para todos.

Luego querrá que sus amigos
se queden a dormir.
Tendrás que buscar pijamas

y almohadas y mantas para todos.

Cuando vea las almohadas, comenzará una

batalla con ellas.

Después hará un fuerte
con las mantas.

Y cuando haya acabado,
lo querrá decorar.
Te pedirá unos cuantos

globos.

Y es casi seguro,

que si le das unos globos,

te pedirá que
le hagas una fiesta.